JN023186

柔らかく揺れる

福名理穂

FUKUNA Riho

白水社

柔らかく搖れる

装丁　関上麻衣子
写真　矢野瑛彦

目次

柔らかく揺れる

登場人物

小川家

幸子（67歳・母）
良太（41歳・長男）
樹子（36歳・長女）
弓子（31歳・次女）

ノゾミ　（34歳・良太たち兄弟の従妹）

ヒカル　（15歳・ノゾミの娘）

志保（しほ）　（34歳・良太の妻）

愛（あい）　（33歳・樹子の同棲相手）

真澄（ますみ）　（33歳・産婦人科・愛の友人）

信雄（のぶお）　（31歳・小川家の近所に住む農協）

舞台装置

広島県広島市・二〇二一年十一月中旬。４話構成のオムニバス。

コロナ渦の緊張感は少し落ち着き始めているが、外のシーンや外から来た人はマスクをしている。

上手側には畳が敷かれている居間と土間。居間から土間に降りる際、腰を掛けられる段差がある。

下手側には可動式の机と椅子が二脚。火葬場・電車・車内・バーカウンターのシーンで用途に沿って使用する。

舞台面には砂利が敷かれている。

1話と4話、小川家の自宅。

広島駅までバスと電車を乗り換えて四十分程かかる田舎町。家の近くに浅瀬の川が流れている。

居間には大きな座卓が一つと棚が一つ。

1話では椅子を一席下手に置き、火葬場では幸子が座り、電車ではヒカルが座る。

2話、良太の離婚する前の自宅。

小川家は車で五分ほどの距離。

居間の座卓はなくなり、下手には可動式の机にハンドルがつけられ車として使用する。

3話、樹子と愛の自宅。

実家には車で二十分ほどの距離、街に通いやすい場所。ベランダからは大きな広い川や電車が通る橋が見える。

居間には小さめのテーブルが一つ、1話での段差はベランダとして使用する。

ベランダにはファンシーなサンダルが一足置かれている。

1話

火葬場（三年前）

微かに川の流れる音がする。

ノゾミとヒカル、縁側に並んで座っている。

喪服姿のノゾミ、写真を手に持っており、横には鞄（かばん）が置かれている。ヒカル、中学の制服を着ている。

喪服姿の幸子と良太と志保、下手側に固まっており幸子は椅子に座っている。

幸子はノゾミ達をチラリと見る。

幸子　なんでお父さんがあの子ら預かるって言うんね？　もういい大人じゃろう？

良太　あそこにおるけん、直接聞いてみりゃええわ

幸子　せっかく子供らの手が離れて楽んなったのに

志保　お母さんが嫌なら、もう一度お父さんに相談してもいいんじゃないですか？

幸子　ホンマにお父さんが言うたんじゃろうね？

志保　あ、はい。（良太を見て）多分

良太、父親の様子を窺う（うかが）ように上手奥をチラリと見る。

良太　（志保へ）はよ行けと

幸子　（良太へ向かって遮るように）火事の原因、あの子のタバコの不始末じゃろ？

志保　コンロって聞きましたけど
幸子　（志保へ）ホンマは消し忘れたタバコが畳に燃え移ったんと
志保　いや
良太　行くぞ

良太はノゾミ達の方に歩き出す。

志保　え？　コンロよね？
良太　知らん

志保、良太の後を追いながら。

志保　……知らん訳ないじゃろ

良太と志保、ノゾミ達の傍(そば)で立ち止まる。
幸子はその場を睨むように見ている。

良太　坊さんと大方の話は進めといたけん。とりあえず、これからどうするや？　……親父が

ノゾミ　後はどうにかするけん。ありがと

良太　大丈夫なんか？　……おや

ノゾミ　大丈夫よ。店は燃えとらんけん。稼ぎ所も燃えとったら大変じゃったわ。（ヒカルに）今日はホテル泊まろうか？

ヒカル　あ、うん、わかった

ノゾミ、鞄からスマホを取り出し操作する。
幸子は大きなため息を吐(つ)く、志保は幸子を少し気にする。
幸子、はける。

ノゾミ　街から通える？

ヒカル　うん、大丈夫

ノゾミ　ビュッフェ食べよっかねぇ

ノゾミ、鞄からタバコを取り出し吸おうとするがやめる。

ノゾミ　あげる

ノゾミ、持っていたタバコを良太に差し出し、無言で受け取る良太。

志保、喋らない良太をチラリと見て、ノゾミと目線を合わせるように屈む。

志保　うちに連れてこい……って、お義父（とう）さんが言いよんじゃけど。来る？

ノゾミ　おじちゃん家？

志保　うん。気ぃ遣(つか)うかもしれんけど

良太　部屋も空いとるし、ヒカルが夜中一人なんも心配じゃろうけぇって。

（志保に）なぁ？

志保　（ノゾミへ）とりあえず、今日だけでも。（ヒカルへ）ね

良太、目線がやや下へ向いているノゾミの肩に触れる。反応がない。

ノゾミの視界に入るようにしゃがむ良太。

暗転。

川に落ちる音。ゴポゴポと水中で空気が漏れるような音が響く。

川辺（現在・朝九時過ぎ）

穏やかな川の音。

明転。

高校の制服を着たヒカルが砂利の上で川を見ている。

幸子、野菜の入った段ボールを持って入ってくる。

幸子　おはよ

ヒカル　うん

幸子　今日、日曜じゃろう？

ヒカル　うん、家じゃ集中できんけん

幸子　毎日勉強してえらいねぇ

ヒカル　（川を見つめ）それしかできんけん。……先が見えん

幸子　この先は海じゃで

ヒカル　……は？

幸子　色んな川があるけど、全部海に繋がっとるじゃろ

ヒカル　うん

幸子　……この家も自然と家族が集まれる家んなりゃええけど。……お父さんが死んで樹子（ことこ）は余計帰って来んなるじゃろうねぇ

ヒカル　どこで死んどったんかいね？

幸子、段ボールを置き、川の先を指さす。

幸子　あそこの、石で狭くなっとるとこん引っかかっとったんよ。苦しかったじゃろうに……

幸子は手を合わせ、小さな声で南無阿弥陀を唱える。ヒカルも手を合わせる。唱え終えると二人で川を見つめる。

幸子　こんな浅瀬で

幸子、ため息を吐く。再び、段ボールを持ち上げはける。ヒカルは死体があった方をじっと見つめている。

居間（同日・朝九時過ぎ）

座卓の上にはリモコンとヒカルの教材や文房具が置かれている。教材近くの床にはスクールバッグが置かれている。

くたびれた部屋着を着ている良太、テレビを観ている。時折、焼酎のボトルを原液のままコップに注ぎ飲んでいる。

弓子、スマホを持っている。

ヒカル、入ってきて勉強を始める。

良太　樹子、電話出てくれんのんか？

弓子　今日休みのはずなんじゃけどねぇ

弓子、電話を掛ける。

弓子　あ、出た出た。お姉ちゃん？　今大丈夫？　なんか、今月の仕送り少ないね。まぁ、ちょっと。ミスしたんかなって兄ちゃんと（笑）。冗談よ。うん、うんうん、え、猫拾ったん？　……あぁ、そうなんじゃ。野良は病気もっとるじゃろうけぇ、あんま触らんのよ。まぁ、そうね。いや、全然無理言うつもりはないんじゃけど。飼うん？　あ、そう。良かった良かった。オッケーオッケー今月だけは、まぁなんとかするわ。あ、お父さんの一周忌帰って来れる？　愛ちゃんも？　あそう、大丈夫そう？　ううん、そっちが気にならんのならいいんよ。全然。はいはい。待っとくね。はーい、はいはーい。じゃねー電話を切る弓子。

弓子　今月やっぱ三万とぉ
良太　みたいじゃな。あいつ猫飼うんか？
弓子　いやいや、愛ちゃんの友達が引き取るみたい
良太　あぁ？
弓子　お姉ちゃんと一緒ん住んどる子よ。お父さんの葬式にも来たじゃん
良太　あぁ
弓子　急に相談も無しに半分も減らすけん、焦るよねぇ
良太　なぁ

良太、コップに焼酎をつぐ。
弓子、棚にある封筒のお金を数え始める。

弓子　ヒカル、朝なん食べたい？

ヒカル　いいよ、コンビニよるけん

弓子　どうせ作らにゃいけんのんじゃけ、ちゃんと食べて行きんさい

ヒカル　じゃあ、じゃがいもと玉ねぎの味噌汁

弓子　だけ？

ヒカル　うん

弓子　卵とトマト炒めて、納豆とご飯でいいか。好きじゃったよね？

ヒカル　うん、好き

弓子はお金を数え終え、封筒のお金から数枚抜いて財布に入れる。

弓子　兄ちゃんまたこっからお金抜いたじゃろ？

良太　お前が使い過ぎとるだけじゃろ

弓子　えー？　昨日そんな使ったあ？
良太　金の計算もできんのか
弓子　うるさいねえ
ヒカル　今月大変なん？
弓子　昨日負けたんよ
良太　いくらや？
弓子　二万
良太　バカじゃのお
ヒカル　大金じゃあ
弓子　兄ちゃんの酒代よりマシじゃろお。ねぇ？
ヒカル　どっちもよおないよ
弓子　どっちもよおないよねぇ。ヒカルが一番偉いわ

パジャマ姿のノゾミ、入ってくる。

ノゾミ　おはよ

弓子　おはよ、ご飯食べる？

ノゾミ　食べる

弓子、台所へはける。

ノゾミ、ヒカルの教科書の上にお構いなく突っ伏す。

ヒカル　邪魔

ノゾミはヒカルの方へ顔を向ける。

ノゾミから顔を背けるヒカル。

ヒカル　お酒臭い

ノゾミ、じっとヒカルの顔を見る。

ヒカル　なに？

ノゾミはヒカルに息を吹きかける。

ヒカル　くっさ
ノゾミ　え？　……なんかあんた可愛くなった？
ヒカル　急になんなん？
ノゾミ　処女じゃろ？
ヒカル　（笑いながら）頭悪い質問じゃね
ノゾミ　今日学校？
ヒカル　休みじゃけど

ノゾミ　なんで制服なん？
ヒカル　勉強しに行くんよ。（強めに）うるさいけん

ノゾミ、ヒカルに近寄りながら。

ノゾミ　えらいねぇ
ヒカル　じゃけ、邪魔

ヒカルはノゾミの肩をパンチする。少し痛そうなノゾミ。

ノゾミ　……後は学校でやりゃぁいいじゃん。久しぶりじゃね
ヒカル　鼻毛見えとるよ
ノゾミ　嘘？　抜いて
ヒカル　嫌よ、汚い

ノゾミ　なんでぇ？　ママの鼻毛なんか可愛いもんじゃろ
ヒカル　嫌
ノゾミ　もぉ

ノゾミ、鼻毛を抜き始める。
ヒカルと良太は汚いものを見るような目でノゾミをチラ見する。

ノゾミ　古市（ふるいち）って文化祭楽しいらしいね
ヒカル　うん。ママの好きな焼きそばいっぱいあるよ
ノゾミ　好きって言ったこと一回もないけど……
ヒカル　好きじゃなかったっけ？
ノゾミ　スマホも持ってっていいけん安心よねぇ。授業中も使っていいん？
ヒカル　学校終わるまで使えんよ
ノゾミ　皆んな守っとん？

ヒカル　まぁ、真面目じゃけん

ノゾミ　やっぱ、頭いい高校は皆んなそんななんじゃね。そっかぁ、それなら
　　　　やっぱあんたは処女じゃね

幸子、入ってくる。

幸子　まぁた勉強の邪魔しよんね

ノゾミ　……あ、仏壇に手合わせとらんわ

ノゾミ、手を合わせ、台所へはける。

ヒカル　一周忌、樹（こと）ちゃんも来ると。あと愛ちゃん

幸子　誰ぇ？

ヒカル　一緒ん住んどる子よ

玄関からマスクを着けた信雄が入ってくる。

信雄　おはようございますー。すいません、遅くなって
幸子　ちょっと座っときんさい
信雄　あ、はい
良太　葬式にも来とったじゃろ
幸子　なんでそん子も一緒に来るん？
ヒカル　知らぁん
幸子　樹子のお店、儲(もう)かっとるらしいね
ヒカル　へー
幸子　まぁ、来れるんならあん子の休みに合わせて良かったわ。（信雄へ）
今日はもう来んのかぁ思うたわ

幸子、居間と土間の間の段差に座りサンダルを履く。
ヒカル、勉強の続きを始める。

信雄　ちょっと寝坊して。あそこの野菜全部持ってっていいやつですか？
幸子　いやいや、お父さんの一周忌に娘が帰って来るらしいけん、ちょっとよるわ
信雄　樹子さん？
幸子　しかおらんじゃろ。弓子はこけぇおるんじゃけぇ
信雄　一緒に住みよる子も綺麗ですよね。オノ・ヨーコに似て
幸子　……
信雄　（ヒカルへ）似とるよね？
ヒカル　似とらんよ
信雄　（良太へ）似とりますよね？　アジアンビューティーで。オノ・ヨーコ？
ヒカル　オノ・ヨーコって男じゃろ？

良太　女よ

ノゾミと弓子、入ってくる。
弓子は味噌汁とお箸が三つずつ乗ったおぼんを持っている。

弓子　あ、おはよー
信雄　おはようございます。ええ匂いじゃやね
弓子　時間あるなら食べていきんさい

ヒカル、机の上を片付け、教材らをスクールバッグに入れていく。
弓子、良太とノゾミとヒカルの前に味噌汁と箸を並べる。
ノゾミとヒカルだけ食べ始める。

信雄　いや、いつもご馳走(ちそう)んなっとるし

ノゾミ　何を今さら遠慮しとん
幸子　（信雄へ）そいやあ、あの川向かいの家どうじゃったんね？
信雄　あぁ、あそこやっぱ空き家んなってましたよ
弓子　へー、あの川下(くだ)ったとこじゃろ？
幸子　（ノゾミへ）あんた今度見に行きいや
ノゾミ　なんでぇ？
幸子　お父さんが亡くなって一年も経つのに、いつまで居座り続ける気ね
弓子　（信雄へ）貸し出しとん？
信雄　どうじゃったけなあ
弓子　誰が住んどったんかいね？
信雄　よお川に残飯投げよった爺さんがおったじゃろ？
弓子　あぁ、あの爺ちゃんまだ生きとったんじゃ
ノゾミ　残飯って、久保さんのこと？
信雄　そうそう、久保の爺ちゃん

ノゾミ　施設入ったって聞いたけど
信雄　死んだけん空き家んなったんじゃろ
幸子　（ヒカルへ）あんくらいの距離ならヒカルも来やすいじゃろ？
ヒカル　（信雄へ）どこぉ？
信雄　歩いて二十分くらいじゃないんかな
ヒカル　え、遠いじゃん
弓子　よぉお父さん飲みに誘われよらんかった？
幸子　ほうよ、お父さん連れまわされて
ノゾミ　あのジジイ、昔店でヒカルハグしてきたんじゃけえ
幸子　んまあ、可哀想に
信雄　マジ？　いつ？
ヒカル　まだ前の家じゃったけん
ノゾミ　小五とか？
ヒカル　くらいかね

ノゾミ　ハグしたままゲロ吐かれて大変だったんじゃけ

ヒカルの箸が止まる。

良太、ヒカルを気にして。

良太　（ノゾミに）お前のお

ノゾミ　なにぃ？

ノゾミ、ヒカルに気づく。

ノゾミ　（笑）ごめんごめん。あれがあったけんヒカル店つれてかんようになったんよ

信雄　それで見んくなったんじゃ

ノゾミ　ほうよ、揉(も)めてもたいぎいだけじゃけん。苦しんで死んでくれとりゃ

居間（同日・朝九時過ぎ）

ええけど

信雄　結構ボケてしもーて施設にあるもんすぐ投げるけん、周りに何も置けれんかったらしいわ

ノゾミ　やりそー。どこ行っても迷惑なジジイじゃね

弓子　私ならそんな人ん家住みとおないわ

幸子　見に行くだけ行きんさい。弓子も良太も戻って来て、部屋も狭ぁなりよんじゃけ

信雄　（ノゾミへ）車なら出しちゃるよ

ノゾミ　今夜も店来てくれたら考えようかね

信雄　昨日も顔出しとるじゃろぉ

ノゾミ　顔だけ出してなぁーんも頼まんじゃんね

幸子、玄関へ向かって歩き出す。

信雄、幸子がはけようとするのを見て。

信雄　あ、じゃぁ

弓子　ほんまに食べてかんの？　じゃがいもの味噌汁なんじゃけど（ヒカルに）ね？

ヒカル　おいしいよ

幸子　誰がヒカルの親なんか分からんわ

幸子、はける。

信雄　今日は適当に済ますわ

信雄、ヒカルに手を振りながら幸子の後を追いかけるようにしてはける。

良太、焼酎とグラスを持ってはけようとする。

弓子　食べんのん？
良太　ええわ。食う気失せた
良太、はける。
弓子　お母さんの気にしんさんなね。ヒカルも
ノゾミ　なにが？
弓子　いつまでおるんかって、さっき
ノゾミ　あぁ、全然。母さんと幸子おばちゃんずっと仲悪かったけん、仕方ないわ。良太くんもう仕事やらんのん？
弓子　兄ちゃんは
弓子、苦い顔で首を横に振る。

弓子　もう、ダメじゃろ

ノゾミ　離婚してから年々乱暴んなりよらん？

弓子　そう？

ノゾミ　ほんまに事故死なんかね

ヒカル　ママ

ノゾミ　あんなあっさい川で、普通死ぬ？

ヒカル　警察も来て捜査してくれたんじゃけ

ノゾミ　ちゃんと調べてくれとんかも怪しいわ

弓子　まあねえ

ノゾミ　誰かが川へ突き落としたんかもしれんよ？

間。

ノゾミ　ま、あんたはちゃんと自立しそうじゃけん安心じゃわ。何になるん

ヒカル　かいんね？
ノゾミ　歯科医師とか
ヒカル　それでママを養ってくれるんじゃろ？
弓子　……一応
ノゾミ　いいんよ、別にそんなことせんで
弓子　なんでぇ？　私も仕送り欲しい
ノゾミ　そんなことばっか言いよったら縁切られるよ
ヒカル　大丈夫よねぇ？　ヒカルは真面目で優しいけん
ノゾミ　……
ヒカル　今日どうする？　パチ行く？
ノゾミ　弓ちゃん負けてお金無いんと
弓子　え？　行かん？
ヒカル　行かんわけないじゃん。パチンコで倍にしてくるけん、応援して
　　　　おぉ、頑張れー

弓子　頑張るよー。よし、ご飯食べて洗濯干したらすぐ出よ！　並ぶよ！

ノゾミ　ガチじゃん

弓子　ガチよ

ノゾミ　ヒカルも大きゅうなったら一緒行こーね

ヒカル、ノゾミを睨む。

ノゾミ　なにぃ？

ヒカル　私もう出るわ

弓子　味噌汁しか飲んどらんじゃん

ヒカル　夕方には帰るけん。行ってきます

ノゾミ　行ってらっしゃい

弓子　気をつけてね

居間（同日・朝九時過ぎ）

ヒカルはスクールバッグを持ち、段差でローファーを履く。
下手に置かれている椅子に客席側から横顔が見えるようにして座る。

ノゾミ　怒っとる顔も可愛くなかった？
弓子　そんなじゃけぇ睨まれるんよ

弓子、机の上の箸や味噌汁をおぼんに乗せて台所へはける。
ノゾミ、味噌汁を飲み干す。

電車（同日・十時ごろ）

電車の走行音。

ヒカル、客席側から見て横向きに座り、顔だけ客席側に向け窓から外を見ている様子。

顔を戻し、電車に揺られる。

少しして、駅に到着し降りる。

客席側から見て、背中を向けた状態で上を見上げる。

居間（同日・夕方曇り空）

弓子、立ち姿で玄関の方を見ている。

樹子、玄関から入ってきて靴を脱ぎ居間に上がる。無言で弓子の前を通りすぎ、あぐらをかいて座卓の前に座る。

弓子は樹子と対面の位置に座る。

弓子　ごめん

樹子　私から幾ら借りとるか覚えとる？

弓子　……うん

樹子　ほんまに？　返す返すって言って、一回も返したことないよね？
弓子のために仕送りしとるわけじゃないんよ

弓子　うん、わかっとる。ごめん

樹子　謝って、どうするん？

弓子　お金貸して

樹子　来月全額返してくれる？

弓子　……

樹子　聞いとる？

弓子　……全額は無理

樹子　じゃあ、どうするん？

弓子　返すけん

樹子　返さんけん、家まで来たんじゃろ？　あんたがこの家で家事も全部やってくれとるのは分かっとるし、パチンコに行くなとは言わんけど。

使っていいお金かどうかくらい分かるじゃろ？

弓子、正座する。

弓子　お願い、貸して
樹子　なんでなん……
弓子　お願い。お願いします。最後にするけん
樹子　いつまでに返してくれるん？
弓子　年内、月々三……二万ずつとか
樹子　（強めに）どっち？
弓子　二万
樹子　絶対よ。言うたけんね
弓子　……うん、分かっとる
樹子　ほんまに分かっとるん？

ヒカル、玄関から入ってくるが、咄嗟に隠れる。

樹子　毎月毎月バカみたいに金使って恥ずかしくないいん？

弓子　……ごめん

樹子　謝って欲しい訳じゃないんよ

うつむく弓子。

樹子は財布から三万円を取り出し座卓の上に置く。

樹子　これで三十万。マジで返せる？

弓子　ありがと。ほんとありがと。絶対返すけん。あ、なんか飲んでく？

樹子　……帰るわ

樹子、立ち上がり玄関へ向かう。

弓子　お姉ちゃん、ありがとね

靴を履いている樹子に近づくヒカル。

樹子　あ、おかえり
ヒカル　ただいま
樹子　また来週ね
ヒカル　うん

樹子、はけようとする。

ヒカル　弓ちゃんいつも皆んなのご飯や洗濯とかやってくれて、お母さん

みたいなんよ

樹子　あ、そう

ヒカル　うん、じゃけぇ毎日大変なんよ

弓子　ええんよヒカル、私が悪いんじゃけ

樹子　人に金貸すんもしんどいんよ？

ヒカル　貸さんけりゃええじゃん。貸すけん頼られるんじゃろ？

弓子　……それは困るねぇ

樹子は弓子をチラ見して、ヒカルを見る。

樹子　……ヒカルもはよこんな家出んさいね。じゃあね

樹子、はける。

ヒカル　ただいま

弓子　早かったね

弓子、机の上の三万を財布に入れて玄関へ向かう。

ヒカル　どこ行くん？

弓子　スーパー

ヒカル　ついて行こうか？　手伝うよ

弓子　勉強しときんさい

ヒカル　行くよ

弓子　いいけん、ついて来んで

ヒカル　……なんで行くん？

弓子　いっぱい借りたけん、取り戻さんにゃいけんのよ。応援してくれる？

ヒカル　なんで行くん？

弓子　キチガイじゃけん

ヒカル　違うんよ、なんでか聞きよんよ

弓子、財布からお札を取り出しヒカルに差し出す。

弓子　これ口止料

受け取らないヒカルの手に無理やりお札を握らせる。

弓子　七時過ぎても帰って来んかったら出前かなんか頼みんさい。じゃ、行ってきます

弓子はマスクを着けながら、はける。

ヒカルはお金をポッケに入れ、棚にしまってある封筒からお金を盗りポッケに入れる。

良太、焼酎とグラスを持って入ってくる。

ヒカル　ただいま
良太　おう

焼酎を飲み始める良太。

ヒカル　お酒やめれんのん
良太　もう、無理じゃろうなぁ
ヒカル　美味（おい）しいん？
良太　飲むか？
ヒカル　うん
良太　コップ持ってこい

ヒカル、台所へはける。

良太、棚を見る。

ヒカル、コップを持って戻って来る。

良太は少しだけヒカルのコップにお酒を入れる。

良太　濃かったら水で薄めえよ

ヒカルはお酒を一口飲み、渋い顔をする。

それを見て笑う良太。

良太　美味（うま）いか？

ヒカル　ん〜、うんまい

ヒカルは弓子の出て行った方を見て。

ヒカル　出てったら弓ちゃん、パチンコ行かんなるんかね？
良太　そんな簡単に変われりゃ世話ないで
ヒカル　あたしらが住み始めてから、この家おかしくなったと思うとるじゃろ？
良太　思うとらんわ
ヒカル　……次は誰が死ぬんかね？
良太　苦しまんならいつ死んでもええんじゃがのお
ヒカル　親より先に死んだらいけんらしいよ
良太　いうても、ありゃしぶといで
ヒカル　（笑）そうじゃね
良太　親父が死んで更に元気んなっとらんか
ヒカル　よおあんな短気な人と何十年も一緒んおれたよね
良太　まぁ、親父の退職金だけで生活しとったけんな

ヒカル　なんで良ちゃんは離婚したん？

良太、ヒカルのコップにお酒を注ぐ。

良太　ガキが出来んかったけぇよ

ヒカル　おっても離婚する人はするよ？

良太　うちは、おりゃぁ違ったじゃろう

ヒカル　おじちゃんも跡取りじゃあなんじゃあ、うるさかったしね

良太　親父なぁ

ヒカル　……死んでくれて正直ホッとしたじゃろ？

良太はヒカルを睨み、笑う。

暗転。

ゴポゴポと水中で空気が漏れるような音が響く。

2話

居間（三年前・昼前）

明転。

寝ている良太の周りには缶ビール５００ミリリットルの空き缶がいくつも無造作に置かれている。

志保、良太の服を持ってバタバタと入ってくる。

二人の左手薬指には結婚指輪がはめられている。

良太、何度も「すいません」と寝言を言っている。

志保は良太をジッと見つめる。

志保　可哀想に

志保、良太に近づきお腹を叩いて起こす。

志保　良ちゃん。良ちゃん、起きて
良太　んー？　お前なんでおるんや
志保　なん寝ぼけとん。はよ起きて。病院行くよ
良太　病院？
志保　ついてきてくれるって言ったじゃん。今回は精子の検査もあるし
良太　あぁ、こえーなぁ
志保　もおー、またお酒飲んで寝たん？　飲み過ぎじゃない？　大丈夫？

良太を立ち上がらせようとする志保。

良太　朝から忙しないのお

志保　もう昼前じゃけぇ

良太　腰いてー

志保　そんなとこで寝るけえよ。あー、遅めのモーニング食べようと思いよったのに。良ちゃんも目覚ましかけといてや。何でもかんでも私ばっかり

良太　俺の服は？

志保　そこ置いとる

良太、私服に着替える。
志保は口紅を塗っている。

良太　志保

志保　んー？

良太　昼飯何食うや？

志保　合わせるよ。何食べたいか考えといて

良太　ラーメン

志保　ラーメンは嫌

良太、笑う。

志保　お義母さんが病院終わったら顔出せって

良太　最近連絡増えたな

志保　ノゾミさんらが来て色々溜まっとんじゃろ。お義父さんも心配しとったよ。仕事はうまくやっとるんかって

良太　なんでもかんでも口だしてきよってから。二世帯の話はどうするや？

志保　絶対嫌よ。お母さんすぐ私に頼ってくるんじゃけ

良太　分担すりゃ少しは楽んなるんじゃないんか？

志保　……嘘じゃろ？　いつも実家で何見とん？

志保、良太が脱いだ部屋着を手に持ちはける。

良太　親も近い方が安心するじゃろうし

志保、戻ってくる。

志保　じゃあ、私の親と一緒に住める？

良太　そりゃ無理じゃわ。俺だけ一人で暮らすわ

志保　（笑いながら）バカじゃね

良太も一緒に笑う。

二人が靴を履いている最中に良太のスマホが鳴り、電話に出る。

良太　もしもし。今日僕、休みもろうとるんですよ、はい、すいません。え？
　　　はい。はい。すいません

電話をしている良太と志保は靴を履き終えると外に出る。

車内（同日）

先に志保だけ車に乗り、何度も頭を下げている良太をジッと見つめる。
良太、電話を終えて車に乗り込む。

志保　今度はなに？
良太　渡辺が配送先間違えたらしいわ
志保　休みの日に電話掛けてき過ぎじゃない？
良太　病院終わったら、ちょっと顔だしてくるわ

志保　お義母さんは？
良太　そっちは志保がおりゃええじゃろ
志保　え、私一人で行かにゃいけんのん？
良太　ちょっと顔出して、すぐ帰るけん
志保　その仕事、今日中じゃないとダメなん？
良太　じゃけえ、行くんじゃろうが
志保　まぁ、別にいいけど

良太、大きなため息を吐く。
志保は鞄からスプレーを出し、シュッシュッと車内に吹く。
少し驚く良太。

志保　ええ匂いじゃろ
良太　……

志保　コンビニ寄る？
良太　さっさ済ませて飯食おう
志保　さっさねぇ。……明日、排卵日なんじゃけど
良太　おう、了解

志保は良太を見る。

良太　そうゆうのは志保のやり方に任せるけん
志保　はーい

69 車内（同日）

産婦人科病院

白衣を着た真澄がカルテを見ながら椅子に座っている。

志保と良太、真澄の元へ。

志保　失礼します

真澄　（カルテを見たまま）あ、どうぞ

志保と良太、座る。

真澄は二人の顔を見ずに、小声で淡々と話しはじめる。

真澄　え－、旦那さまの精子をお調べした結果。正常な精子が非常に少ない、奇形精子症ということがわかりました。こちらの病気はまだ原因が定かではなく、奇形を治す治療法もハッキリとは見つかっていません

志保　え？

真澄　奇形の精子自体は誰にでもあるものなので、そこは変に思い悩まなくても大丈夫ですよ

志保　はい

真澄　奇形精子症と判断される基準として正常な精子が4パーセントほど。残り96パーセントは全て奇形であった場合になります。旦那さまの場合も大体その位の割合なので（志保を見て）自然に妊娠するのは難しいと思います

志保　治らないんですか？

真澄　先ほども言いましたが、治療法はまだありません。で、当院ではまず生活習慣を整えていくことを勧めています。しっかりバランスのいい食事や十分な睡眠ですね。サプリメントもお出しするので、必ず飲んでください。あとは、なるべくストレスは溜めない環境を整えていただければ、多少は正常な精子が増える可能性があるので

志保　なにかお薬とか飲まなくてもいいんですか？

真澄　旦那さまの場合は運動率がギリギリ基準値に達していますので。もう少し様子を見てからでも大丈夫でしょう。タイミング法は継続して行ってください。まあ、あとは

良太のスマホが鳴る。

志保　ちょっと

良太　もしもし、今病院で。いえいえ、妻の付き添いなんですよ。すいま

せん。また掛け直します。すいません。失礼します。

電話中、志保は真澄の顔を窺う。

真澄、電話が終わり、続きを喋り出そうとするが再び良太のスマホが鳴る。

良太　あ、もしもし。今ちょっと。……すいません。病院……病

スマホを耳から少し離す。

良太　ちょっとごめん

志保　は？　え、どこ行くん？

良太、はける。

真澄　続けていいですか？
志保　……はい
真澄　まあ、あとはお二人とも年齢的な不安もあると思いますので、様子を見て変化が見られなかった場合は顕微受精を行なうことも検討しておいた方がいいと思います。そちらは相当お金がかかりますので、お二人でよく話し合って決めてください。出来ますか？
志保　出来ます
真澄　もう一度、きちんとお話し合った方がいいと思いますよ
志保　私の意向に合わせるって二人で決めたんで
真澄　あ、そうですか。じゃあ、本日は以上ですので
志保　ありがとうございました

志保、真澄に頭を下げるが真澄はその姿を見ずはける。

川辺（同日・三時間後くらい）

志保、川を眺めている。
出勤前のノゾミが入ってくる。
気配を感じて振り返る志保。

志保　お義母さんめっちゃ機嫌わるかったんじゃけど、何したん？

ノゾミ、一緒に川を眺める。

ノゾミ　えー？　なんじゃろ。弓ちゃんとパチンコ行ったけん？

志保　また的確に嫌がりそうなことしよんね

ノゾミ　27歳とパチンコ行っただけなんじゃけど

志保　弓ちゃんなんかあったん？

ノゾミ　知らぁん。ストレス発散したいって言うけん。あ、じゃあ行く？
　つって

志保　ウケる

遠くから幸子が志保を呼ぶ声。

ノゾミ　呼びよるよ

志保　タバコある？

ノゾミ　やめたんよ

志保　まだ続けとんじゃ、えら

志保はポッケからガムを取り出し、ノゾミに食べるかどうかジェスチャーをするが断られる。

志保、ガムを口に入れる。

志保　お店楽しぃ？

ノゾミ　まぁねぇ。自分の店じゃけ大変じゃけど

志保　なんか仕事しようかな

ノゾミ　うち来る？　夜中じゃけど

志保　無理無理。酔っ払い嫌いじゃけん

信雄、入ってくる。

信雄　こんにちはー
ノゾミ　おう、なんしんきたん？
信雄　親父さんから電話きて。あ、お母さん呼んでましたよ
志保　知っとる
信雄　なんしに呼ばれたんですかね？
志保　米とじゃがいも移動させたいんよ
信雄　あぁ、男手か。ほんま人使い荒いんじゃけ。じゃあ、良太さんも来とるんですか？
志保　いや
信雄　なんじゃあ、一緒ん酒飲めるんかぁ思うたのに
ノゾミ　店じゃ全然飲まんくせに
信雄　ここじゃ歩いて帰れるけん
ノゾミ　今日もなんか作ってから帰るん？
志保　食後の皿を片付けるまでが嫁の仕事じゃもん。ノブちゃんもどうせ

信雄　食べて帰るんじゃろ？　何食べたい？
志保　じゃがいもの味噌汁ですかね
信雄　えー、味噌汁は長ネギと豆腐じゃろ
志保　コロッケは？
信雄　コロッケって結構手間なんよ。炒めて蒸して丸めて揚げて
志保　ポテトフライ
信雄　肉じゃがんするわ
志保　えー
ノゾミ　揚げもんはたいぎいけん
信雄　作ってもらうんじゃけ、文句言わんのよ
ノゾミ　あ、すいません。じゃあ、ちょっと行ってきますわ
信雄　今日店こんのん？
ノゾミ　いかんよ。親父さんの相手せんにゃいけんけん
信雄　（笑）あ、そっか

川辺（同日・三時間後くらい）

信雄　（志保へ）すいません
志保　あ、うん

信雄、幸子の声がする方へはける。
志保、ノゾミの顔を見ずに。

志保　なんで独りで子供産む気んなったん？　欲しかったけん？
ノゾミ　えー、別に欲しくはなかったけど、大好きな人の子じゃったけん。
ヒカル以外は堕ろしとるよ
志保　せっかく出来たのに？
ノゾミ　育てられんのに産めれんよ。なんで急に？
志保　あぁ、なんか。良ちゃんじゃと自然妊娠が難しいんと
ノゾミ　ふーん
志保　子供でもおりゃ少しは、ほら気が楽じゃろ？

ノゾミ　どうじゃろ。私は子供がおって気が楽んなったことないけんなぁ

遠くから幸子が志保を呼ぶ声。

ノゾミ　まあ、田舎じゃけんねぇ

ノゾミ、幸子の声がする方をチラリと見る。

ノゾミ　あ、気づいた。じゃあ、行ってくるわ

志保　行ってらっしゃい

ノゾミ、はける。

信雄　（声のみ）志保さーん

81 川辺（同日・三時間後くらい）

志保　（気だるげに）はいはーい

志保は幸子の声がする方へ歩き始める。

居間（同日・深夜）

薄暗い中、時計の針の音だけが響く。

志保はスマホを耳に当てている。少しして耳から離す。

志保　なんで出んのん？

寝っ転がり、涙を拭くような仕草をし顔を隠すように丸くなる。

徐々に朝日が昇る。

居間（数日後・早朝）

寝っ転がっている志保。
スーツ姿の良太が入ってくる。

良太　なんでこんなとこで寝とんや。風邪引くで

志保、目を開け良太と目が合う。

良太　（優しく）おはよ。やっと帰ってこれたわ
志保　何泊帰って来んかったんか言うてみぃ
良太　仕事が立て込んどったんじゃけぇ、仕方ないわ
志保　家のベッドで寝んと体悪くするよ。腰痛いんじゃなかったん？　ご飯は何食べよったん？
良太　……コンビニ
志保　ねえ、私のやり方に合わせてくれるんじゃなかったん？
良太　急には無理じゃろ。俺一人で仕事しよるわけじゃないんじゃけぇ
志保　なんで電話出んのん？
良太　ライン入れとるじゃろ。
志保　……お義父さんが顔出してちゃんと説明しろと
良太　仕事んことか？
志保　……赤ちゃんのこと
良太　お前言うたんか？

志保　お義父さんには言うとらんけど

良太、ため息を吐く。

志保　最近ため息多くない？　癖んなっとるけんやめたら？
良太　ほんま何でもかんでもベラベラ言うてから
志保　それは、ごめん

良太、出て行こうとする。

志保　どこ行くん？
良太　ちょっと酒買ってくるわ
志保　行かんでや
良太　すぐ戻ってくるけん

志保　置いてかんで
良太　……一緒行くか？
志保　子供作ろ。そしたら絶対うまくいくけん
良太　……
志保　お義父さん安心させたいんじゃろ？

良太、志保の目線と合う位置までしゃがむ。

良太　志保のためにやれることはやりたいって思うとるけぇ
志保　出来とらんじゃん
良太　これでも頑張っとるんよ
志保　我慢じゃなくて？
良太　我慢も、あるかもしれんけど
志保　良ちゃんも子供欲しいんよね？　欲しいんなら、もっと一緒に頑張

ろうや

少しの間。

志保　欲しいんよね？

良太　……今はどっちでもええと思うとる

間。

志保　嘘じゃろ。いつから？　奇形って言われてから？　もっと前？

良太　……

志保　なんか言ってや。あ、じゃけえか、あたしは良ちゃんに言われてタバコも仕事もやめたのに、お酒は減らさんかったんじゃ。最初から作る気なんてなかったんじゃろ？

良太のスマホが鳴り、咄嗟に触れる。

志保　出るん？

良太、固まる。鳴り続けるスマホ。チラリと志保を見て電話に出る。

良太　あ、もしもし

良太、はける。

志保、上半身を持ち上げるかのように思い切り息を吸う。

暗転。

車内（一ヶ月後）

車の走行音。

明転。

志保と良太が車に乗っている。二人は結婚指輪をしていない。

大きなボストンバッグが一つ。

志保は窓から外を眺めている。

志保　ごめんね。忙しいのに

良太　まぁ、最後くらいは
志保　私、川の音好きなんよね
良太　あぁ、実家行くとよお行きよったもんな
志保　やっぱ川の近く住みたかったなぁ
良太　実家おるようで落ち着かん
志保　普通逆じゃやけぇ

間。

志保　広島駅も随分変わったよね
良太　……
志保　なんか駅でお昼食べてく？
良太　志保の食いたい店があるなら、そこんしようか？
志保　エキシティに入っとるダグズ・バーガーってとこ気になっとんよね。

たっかいハンバーガー屋さん

良太、嫌そうな顔。

志保　えー？　結構肉々しいお店よ

良太　パンは腹膨（ふく）れんけん

志保　じゃあ、何食べたいん？

良太　ラーメン

志保　またラーメン？

良太、笑う。

志保　どうする？　ラーメンにする？

良太　食べたい？

志保　食べたくない
良太　じゃあ、やめようで
志保　……どこ停める？
良太　駐車場あいとりゃいいけど
志保　改札まで来んでいいよ
良太　……路駐でいいか

車を停める。

良太　忘れもんないか？
志保　なんか見つけたら送って
良太　ん、了解
志保　今までお世話になりました
良太　ええけえ、そういうんは

志保　もお

志保、ボストンバッグを持つ。

志保　ありがとね。色々
良太　ホンマに行くんか？　仕事も見つかっとらんのに
志保　どうにかなるじゃろ
良太　俺がおりゃ、くだらん仕事なんかやらんでも生活できるんで？

志保は良太を見つめる。

志保　……じゃ、無理だけはせんでね。バイバイ

志保は車から出て、力強い足取りで歩きはける。

良太のスマホが鳴り、出る。酷く疲れている様子。

良太　あ、もしもし。あぁ、それは渡辺に任せとるんですけど。や、そうですね。すいません

良太、頭を下げる度に下へどんどん頭が落ちていく。

徐々に暗転していく。

良太　すいません。はい、はい……

暗転。

ゴポゴポと水中で空気が漏れるような音が前よりも迫力を増して響く。

3話

居間（現在・猫拾う前の夕方）

川の音。時折、電車が通過する音と微かに子猫の鳴き声が聞こえる。
樹子はベランダで缶チューハイ（ハイボール系）を飲み、愛はテーブルの傍に座ってスマホを見ながら缶チューハイ（フルーツ系）を飲んでいる。

愛　一周忌帰るんじゃろ？　泊まるん？

樹子　すぐ帰るよ。あんなとこ

愛　ほんま嫌いなんじゃね

樹子　あの家におると、私もダメんなる

愛　ダメじゃないじゃろ

樹子　あそこは楽な道を選んだ人の吹き溜まりじゃけん

愛　楽しちゃダメなん？

樹子　なんでそんな聞いてくるん？

愛　なにが？

樹子　……いや

愛　あ、これ可愛くない？

愛、樹子にスマホを見せに近づく。

樹子　凄い髪型じゃね

愛　服のこと言いよんじゃけど

樹子　どうなっとんこれ？

愛　カツラじゃない？

樹子　地毛じゃろ。生え際見えるもん

愛　ほんまじゃ。やっぱプロは分かるんじゃね

樹子　愛もプロじゃろ

愛　私はメイクメインじゃけん

樹子　たまには店にも髪（かみ）しに来てや。ツートンしよツートン

愛　インスタに載せたいんじゃろ

樹子　派手髪（はでがみ）流行っとるけん

樹子は愛の髪を触りながら、スマホを覗き込む。

樹子　え？

愛　この束がこうじゃない？

樹子　あ、で、こうか

愛　可愛い？

樹子　可愛い

愛はスマホをインカメラにし、二人はポーズをとる。

愛　イェイ

撮り終える。

愛　ストーリーあげていい？

樹子　いいよ

愛はスマホを触りながら。

愛　ずっと泣きよるね。赤ちゃん

樹子　猫じゃろ

愛　猫？

樹子　子猫

愛　うそー？

樹子　子猫よ。こんくらいの鳴き声の猫を近所のおじさんがよお川に捨てよったけん

愛　怖（こわ）、え？

樹子　昔は避妊手術とかないけん。山か川かに子猫や子犬がよぉ捨てられよったんよ

愛　なんでそんな可哀想なことできるん？

樹子　人間の種類が違うんよ

電車の通過する音。

樹子は愛の頭に顎を乗せ、遠くを見ている。

愛　どしたー？
樹子　いや、そん子猫らと同じ川でお父さんも亡くなったじゃなぁって
愛　……
樹子　あと、行かんでも良い理由考えとった
愛　樹子の休みに合わせてくれとんじゃろ？
樹子　……うん。でも、仕事入ったら行かんとは言っとる
愛　終わったらすぐ帰ってくりゃいいんじゃけ。お父さん好きじゃん
樹子　好きじゃけど、おらんもん。おるんじゃろうけど
愛　会いたがっとるう思うよ
樹子　なんで今回はついてきてくれんのん？
愛　一周忌じゃけん
樹子　いいじゃん。一緒行こーやぁ

愛　私は行かん方がいいって言いよるじゃん

愛は樹子から離れて、テーブルの缶チューハイを手にとる。

樹子　なんでそんな嫌がるん？

愛　嫌じゃないけど、皆んな困るじゃろ。親戚でも何でもないのに

樹子　困らせときゃええじゃん

愛　……私も困るんよ

樹子　困らせんけん、一緒行こ

愛　なんで？

樹子　逆になんで？

愛　じゃけ、一周忌じゃけんよ

樹子　ずっと一緒におるけん

愛　……

樹子　行こー
愛　まぁ、考えとく
樹子　なんそれ

間。

愛　まだ鳴きよるね
樹子　親と逸(はぐ)れたんじゃろ

通り雨。

愛　大丈夫かね？
樹子　どうじゃろ
愛　……ちょっと様子見てくるわ

樹子　え？

愛　雨ざらしじゃったら、可哀想じゃけん

樹子のスマホの着信音が鳴り、画面を確認する樹子。

愛　誰？

樹子　弓子

樹子、着信を消す。

愛　出んの？

樹子　どうせ金じゃろ

愛　あぁ。じゃあ、ちょっとさーっと行ってくるね

樹子　うちじゃ飼えんよ

愛　わかっとるよ

愛、玄関へはける。

川辺（愛の夢の中）

雨の中。
カッパを着た人が段ボールを持って入ってくる。顔は薄暗く見えない。
愛、傘をさしてカッパを着た人とは反対の方向から入ってくる。
カッパを着た人は段ボールに手を突っ込む。
愛に気づくと、段ボールを持ったままゆっくり愛に近づく。
暗転。
雨音が激しくなっていく。

居間（三日後・朝）

部屋着の愛、毛布を羽織り机に突っ伏して寝ている。

傍には子猫の入った段ボールと猫グッズが入った大きめの鞄一つ。

仕事着の樹子、マグカップを持って台所から入ってくる。

段ボールに近づき子猫を触ろうとするが「にゃ」と鳴かれ、ビクッと驚く。

触るのをやめて、机にマグカップを置いて座る。

愛、起きる。

樹子　おはよ
愛　あ、おはよ
樹子　ご飯大変そうじゃね。三時間おきだっけ？
愛　うん
樹子　コーヒー飲むじゃろ
愛　うん

樹子、台所へはける。

愛　（小声）猫子おはよ。今日も元気に頑張ろうね。湯たんぽはまだいいか。あぁ、いいんよ寝てて。ごめんね起こして。よしよし、いい子じゃね。いい子いい子、猫子はいい子。ちょっとごめんね

樹子、色違いのマグカップを持って戻ってくる。

段ボールの中のペットシートを取り替えている愛。

樹子　まだ里親見つからんの？
愛　まだって、拾って三日しか経っとらんけん
樹子　じゃけど、愛も猫が理由でそんな仕事休み続けれんじゃろ
愛　まぁ、一応、家庭の事情って言っとる
樹子　へー、嘘ついたんじゃ
愛　嘘ではなくない？
樹子　別に家族ではないじゃん

間。

樹子　え、猫がよ？
愛　わかっとるよ

樹子　猫のことに決まっとるじゃん

愛　……一周忌ん時、弓子ちゃんだけでいいけんさ。ちゃんとパートナーとして紹介してくれん？

樹子　今さら言わんでも大丈夫よ

愛　お父さんに嫌われたくないけん言えんかったんじゃろ？

樹子　（強めに）じゃけぇなんなん？

愛　なんでそっちが怒るん

樹子　仕方ないじゃん。私らみたいなんがテレビ映ったら「気持ち悪い」つってチャンネルかえる人なんじゃけんさあ。何回か言おうとしたけど言えんかったの知っとるじゃん

愛　……

樹子　そんなに他人の許可がないと嫌？

愛　ううん

樹子　不安？

愛　……ううん

間。

樹子　コーヒー冷めるよ
愛　うん
樹子　寝とんじゃろ？
愛　子猫って体調が急変しやすいんと
樹子　最近猫ばっかじゃん。一緒飲も

愛、マグカップを手にとる。

樹子　まぁ、弓子には言っとくけん
愛　無理せんでいいよ

樹子　いいはぶてとる

愛　ちゃんとパートナーですって言うんよ？　わかっとる？

樹子　ちゃんと言うけん

愛　わかった。頑張らんにゃね

樹子　いいよ、頑張らんで

愛　なんでよ？

樹子　頑張っても報われんもん

樹子、仕切り直すように姿勢を正す。

樹子　一周忌ん時ね

愛　そん時には里親が見つかっとりゃあ安心なんじゃけどねぇ

樹子　そんな付きっ切りじゃないとダメなん？

愛　まだ子猫じゃけん。あ、餌代とか諸々いくら払えばいい？　結構払ってくれとるじゃろ？

樹子　いいよ、大丈夫

愛　なんで？　払うよ

樹子　いいいい。私全然世話しとらんし

愛、財布を取りに行こうとするが樹子に道を塞（ふさ）がれる。

樹子　ほんま気にせんでいいけん。いつまで休み続けれるんか目処もたっとらんのじゃろ？

愛　でも

樹子　大丈夫。いらない

樹子、スマホを触る。

愛　触ってみたら？　気持ちいいよ

樹子　いい

愛もスマホを見る。

樹子　他にも声かけといたら？

愛　里親？

樹子　今誰に声かけとん？　一人？

愛　真澄

樹子　大丈夫なん？　産婦人科って忙しいんじゃろ？

愛　やめたんと

樹子　え？　なんで？

愛　知らん

樹子　なんになるん？

愛　さあ。インスタに退職の寄せ書きとか花とか載せとったよ
樹子　えー、勿体ない

樹子、コーヒーを飲み干す。

樹子　よし。じゃあ、家のことよろしくね
愛　行ってら
樹子　じゃあね

樹子、玄関へはける。
愛のスマホから通知音が鳴り、見る。
コーヒーを飲もうとするがやめて台所へ片しにはける。
戻ってくると猫の写真をスマホで撮影し、少しだけ操作する。
段ボールを覗き込む。

愛　猫子ー。お家見つかったよー。よかったねぇ。……勿体ないって……なんか、しんどおなる言葉じゃったねぇ。他人のやることなんじゃけイチイチうるせえって猫子から言ってくれん？　できる？できんよねぇ。にゃーしか言えんもんねぇ

子猫の鳴き声。

愛のスマホから着信音が鳴り、電話に出る。

愛　あいよー。可愛いじゃろー。急にごめんね。ホンマに明日迎え来れるん？　無理しとらん？　ちょっと寂しいけど、仕事休んどるけんかなり助かる。猫子ー？　声聞く？　……え？　猫子ー？（焦りながら）待って待って。なんの音？　ゴロゴロいいよる。ごめんなんか変な音するけん、病院連れてくわ。うん、またラインする

電話を切り、段ボールを抱え急いで玄関へはける。

川辺（次の日の夕方）

マスクを着けた真澄、お洒落なカフェの紙袋を持って入ってくる。
スマホで電話をかけている。

真澄　もうすぐ着くよー。あ、うん、教えてもらった駐車場空いとったけん。
そこ駐(と)めとる。あ、コーヒー買っとるよ。五〇五じゃったっけ？
了解、また後ほどー

真澄は川の方を少し眺め、足取り軽く駆け足ではける。

居間（同日）

お洒落なカフェの紙袋を持って愛が玄関から入ってくる。続いて真澄も入ってくる。
真澄はベランダの方を見て。

真澄　涼しい

愛、紙袋から紙のカップを二つテーブルの上へ置きながら。

愛　今の時期が一番気持ちいいけんねぇ
真澄　やっぱ川近いと景色がええねぇ
愛　夕日じゃったらもっと綺麗なんじゃけど、今日は曇っとるわ

真澄、テーブルの前に座りながら。

真澄　ちょっと冷えてきたけんねぇ。樹子さんは？　今日休みって言っとらんかった？
愛　休みなんじゃけど、三時くらいに出てったんよ
真澄　なんで？　お店でなんかあったん？
愛　いや。なんか妹に前からお金貸しとったみたいで、また貸してくれって電話が来たんよ
真澄　へー、お金貸しとんじゃ。大変じゃね
愛　まぁまぁなんか大変なんじゃゃん。多分間に合うじゃろうけど、猫

ありがとねってさっき

真澄　はーい。（笑いながら）てか、昨日の電話なにあれ？

愛　いや、もう恥ずかしいけん掘り返さんでや

真澄　何が変な音するーよ

愛　なんか喉につまらせとんかと思って、めっちゃ怖かったんじゃけん

真澄　無駄に焦らされたわ

愛、子猫の入った段ボールに近づき抱える。

愛　だって、あんなよお分からん音って知らんかったんじゃもん

愛、段ボールを真澄の傍に置く。

愛　はい

真澄は段ボールを覗き込む。

真澄　初めまして。思ったよりちいさいわ

愛　まだ一ヶ月経ってないって

真澄　きぇーっ

愛　すぐ下ん川のね、草が腰まであるようなとこに隠されとったんよ

真澄　あぁ、ほんま

愛　上がガムテープでビッビッて

真澄　やれんね

愛　あ、餌とか先ん渡しとくわ

真澄　（子猫へ）よお頑張ったねぇ

愛、猫グッズの入った鞄を真澄の傍に置く。

愛　これ、ペットシートと餌と粉ミルク

真澄　病院代いくらじゃった？

愛　払っとらんけ分からん

真澄　全部あっちが出してくれとん？

愛　うん。世話せん代わりに？

真澄　ラッキーじゃん

愛　一万でいいよ

真澄　じゃあ、二万置いとくけん、足りんかったらラインして

愛、お金を受け取り子猫をチラリと見る。

愛　てかさ、お金払うけんなんも世話せんってどう思う？

真澄　なんも？　なんもは嫌かな

愛　よねぇ！
真澄　え、ミルクも？　この時期大変じゃろ？
愛　全部よ全部
真澄　あんた頑張ったんじゃね
愛　ほうよ。でね、聞いて
真澄　いいよ
愛　なんか、なんでもお金で解決しようとするんよ
真澄　誰が？　樹子さん？
愛　そう。実家の仕送りも妹が家事やりよるらしいけぇ渡しよるみたいじゃやし。借金も実家のこと任せっぱなしじゃけ、つい渡してしまうんと
真澄　えー、よろしくないね
愛　でよ、私は一緒に住んどるわけじゃん
真澄　そうじゃね

愛　そしたらさ、朝、机に突っ伏して寝とる私見ながらさ、コーヒー飲む時間あるならさ、ペットシートくらい変えてくれても良くない？
それで、全然世話しとらんけんお金は受け取らんっておかしくない？

真澄　おかしいね

愛　あとさ、まだ実家で彼女って紹介してもらったことないんじゃけど

真澄　あ、そうなんじゃや。何度か行きよるよね？

愛　仲良しの同居人として

真澄　なんそれ（笑）。もう一年以上一緒に住んどらんっけ？

愛　もうすぐ二年

真澄　そんな経つ？

愛　それでね、聞いて

真澄　いいよ。聞いとるよ

愛　紹介をね、そろそろして欲しくてお願いしたんじゃけど「許可が
そんなに必要？」って責められたんよね

真澄　え？　どゆこと？

愛　分からん。ま、確かに、紹介はうちらが許可が欲しいけんお伝えするってことなんじゃろうけど。でも、これから長い人生一緒に過ごすんじゃけ、同居人だけじゃ難しい時がくるはずじゃろ？　そしたら、とりあえず、そこだけでも知っといてもらいたいというか

真澄　うん

愛　帰りたくないほど仲悪いなら、もう言っても良いじゃろ

真澄　縁がホンマに切れてもいいんか悩んどるんかね？

愛　悩むのは別に仕方ないとは思うけど、（子猫見て）樹子が外で死ぬかもしれんってなった時、このままじゃ私、傍におれんけん

真澄　私に言うみたいに、直接言やあいいのに

愛　……んー

真澄　なんで言えんのん？

愛　意見したら怒るけん。合わせとく方が揉めんけ楽じゃや

真澄　我慢できるうちに言わにゃ

愛　だって、怒られたくないんじゃもん

愛のスマホから通知音が鳴る。

真澄　……樹子さん今どこら辺かね？

真澄、立ち上がりベランダに向かう。

愛　もうすぐ着くと

愛も真澄の傍へ行き、ベランダから外を見る。

愛　あそこで見つかったんよ。草がバーって一面のとこ

真澄　よう見つけたね
愛　ね、雨で声も聞こえにくくなっていくけん

少しの間。

真澄　産婦人科やめたんよ
愛　あ、そうよ。おめでと。なんするん？
真澄　じじばばの農園で働く予定
愛　農家も休みなしじゃろ
真澄　別に休みが欲しくてやめたわけじゃないけぇ。まぁやめてスッキリしたわ
愛　全然違う職種じゃけん、凄いね
真澄　愛のその深く聞いてこん感じ好きよ。気楽で
愛　え？　まぁ、言いたくないこともあるじゃろうけぇ

真澄　愛にも気楽になって欲しいんじゃけどねぇ
愛　気楽かぁ。気楽ねぇ
真澄　別れる？　喧嘩別れする
愛　できんよ
真澄　じゃけど、そんな関係続けよったらストレスでハゲるよ。抜け毛は？
愛　え？　増えたかもしれん
真澄　じゃろおー。話し合いもさせてくれんならお前なんか願い下げじゃあって言うちゃりゃあええんよ。んで、話し合ってもダメなら、それはもうダメなんよ
愛　あぁー、そっか
真澄　そうそう。そうやって、色んな夫婦が急に病院来んくなるんじゃけん
愛　違う病院行き始めたんじゃないん？
真澄　誰かしら繋がっとったりして耳に入るんよ。隣におる旦那が変わっとったり

真澄と愛は笑い合う。

真澄　あ、おるよ

愛　（笑）小走り

少しの間。

愛　じゃけどさ、こんな私がちゃんと好きな人と付き合えるなんて、今のので最後かもしれんじゃん

真澄　それは、皆んなそうよ

愛　違うじゃろ。割合がまず違うじゃん

真澄、ベランダから樹子を見ている愛を見つめ。

真澄　私ちゃんと好きな人と付き合えたことないよ

愛は驚いた顔をして振り向く。
愛の表情を見て笑う真澄。

真澄　なんか樹子さんが言えん理由も愛と一緒かもしれんね

愛　死にそうな時、傍(そば)におれんのと一緒な理由？

真澄　入院しとって、愛が恋人じゃったら……会わせて貰(もら)えんかもしれん。友達って思わせといたままの方が会えるじゃろ？

愛　……

真澄　他人ってさ、適度な距離感保っとれば皆んな良い人じゃん？　それが出来んけん、こんな苦しかったりするんよねぇ。難しいねぇ

愛　そーじゃねぇ、たしかに。……でもさあ

真澄　じゃけえ、話し合いんさい

愛　報われるかねぇ

真澄、愛を励ますように肩を軽く叩く。

真澄　うまくいかんかったら、愚痴くらいは聞くけん

真澄、段ボールの傍に行く。

愛、真澄の方を見て。

愛　ありがとね

真澄、子猫を見ながら。

真澄　やー、私猫飼うんよー

愛、段ボールの傍に行く。

愛　癒（いや）されてください

真澄　ずーっと気ぃ張っとる生活じゃったけん。今、凄い不思議

愛　……緊張するなぁ

真澄と愛、目が合い笑い合う。

マスクを着けた樹子、玄関からお洒落なお土産袋を持って、息を切らしながら入ってくる。

樹子　ただいま

愛　おかえり。そんな急いで帰ってこんでも良かったのに

樹子　待たせちゃ悪いけん。真澄ちゃん久しぶりー

真澄　お邪魔してます

樹子　急じゃったのに、ありがとね。しかも、わざわざ来てもらって

真澄　もう、全然

樹子　これ良かったら

樹子、真澄にお土産袋を渡す。

真澄　あ、すいません。ありがとうございます

樹子が段ボールの中をジッと見る。

愛　なんしよん？

樹子　見納め

真澄　写真とか送るんで

愛　あ、これ真澄から

愛、樹子に二万円を渡そうとする。

真澄　すいません。裸で

樹子　いいよいいよ。大丈夫

真澄　全然足りないかもですけど

樹子　ほんと大丈夫じゃけん。これからもっとお金かかってくるんじゃろうし。それに充(あ)てて。ね？

真澄　いや

愛、真澄に二万を返そうとする。

愛　多分、意地でも受け取らんけん

真澄　そうゆうわけにはいかんよ

樹子　ほんま気にせんで

真澄、愛の持っていた二万円を手に取り樹子の前に差し出す。

真澄　いや、こうゆうんは本当、しっかりしときたいんですよね

樹子　ホンマ大丈夫じゃけん。仕事もやめたんじゃろ？

真澄　別にお金には困ってないですけど

樹子　や、そういう意味じゃなくて

真澄　あ、じゃあ、もう一万足しときます

真澄、財布から一万取り出し、先ほどの二万円の上に重ねる。

樹子　いらんけん

真澄　借り作りたくないんですよ、マジで。こうゆうの気持ち悪いんですよね

樹子　あぁ、じゃあ、これだけ

樹子は一万円を手に取り、二万は真澄に返す。

真澄　一万で足ります？

樹子　足りとる足りとる

真澄　愛がいくらか分からんって言うけん

愛　ごめんごめん

樹子　私がすぐ出してしまうけん

真澄　財布の紐が緩いんじゃないんですか？

樹子　そうかも。気をつけるわ

真澄　冗談ですよ

愛　（樹子へ）最後に触っといたら？

樹子　いいよ

愛　なんで？

樹子　潰（つぶ）すけん

愛　潰れんよう

真澄、マスクを装着し子猫を気にしながら帰り支度をする。

樹子、恐る恐る子猫に触る。

愛　どう？

樹子　怖い。達者でな

愛　（子猫へ）な

真澄、段ボールやお土産袋等の荷物を抱える。

真澄　じゃ、ありがとね。何かあったらラインする

愛　うん。気をつけて

樹子　また遊びおいで

真澄　はい、お邪魔しました

樹子　じゃあね

真澄と愛、玄関へはける。

樹子、マスクを外し、軽く鼻歌を歌いながらベランダへ。

愛が戻ってきて、樹子の傍へ。

愛　樹子

樹子　んー？

樹子、愛を見て笑顔になる。
釣られて笑顔になる愛。
それを見て、樹子は両手を広げ二人は抱きしめ合う。

樹子　はあ、癒される～

抱き合ったまま、穏やかにゆらゆらし合う。

愛　……踊るか？
樹子　元気じゃやね（笑）
愛　寂しい
樹子　寂しいね
愛　でも、樹子がおるけんね。今日はもうぐっすり寝よう

樹子　うん

二人の揺れが徐々に大きくなり、笑いながら踊り出す愛。
その姿に大笑いする樹子。
暗転。
ゴポゴポと水中で空気が漏れるような音が響く。

4話

川辺（一年前・夜中）

川の流れる音と砂利を歩く音。
歩く音が消え、明転。
辺りは暗く、小便を終えてフゥと息を吐く男性の影。
チャックを上げベルトを締めてはけようとする。
良太、懐中電灯を持って入ってくる。

良太　親父？

男性の顔が照らされる。

良太　あぁ、ノブか

信雄　どうしたんすか？

良太、辺りを懐中電灯で照らしながら。

良太　親父見とらんか？　十二時過ぎとんのに、家におらんのよ

信雄　やあ、見とらんですね

良太　ボケとるわけでもないのに

良太、川の方へ懐中電灯を灯す。

信雄　あ

良太　あ？

信雄　あそこ

信雄、指をさす。

良太、死体を見つける。

良太　あぁーっ

信雄　やべっ

良太　あ？

信雄　小便しちゃいました

良太　お前なんしよんや！　大か？　小か？

信雄　小です。小便なんで

良太　ああ、もう

信雄　すんません
良太　弓子ー、川じゃー！　引っかかっとるわ！

良太、電話をかける。

良太　あ、救急車を、はい。父親が川に

良太、電話をしながらはける。
信雄、川の方へ近づき、死体のある場所をジッと見ている。

スナック（現在・一周忌の数日前の夜）

カウンターの中に弓子。カウンターの外には椅子が二つ置かれており、一つはノゾミが座っている。

マスクを着けた信雄が店に入ってくる。

信雄　お邪魔します

ノゾミ　いらっしゃい

弓子　ノブちゃん

信雄　あれ？
弓子　ちょっとお金欲しくて

椅子に座る信雄におしぼりを渡すノゾミ。

ノゾミ　ありがとね。今日も来てくれて
信雄　朝、久保んじいさん家行くんか話しよったけん
ノゾミ　それで来たん？
信雄　来たんは習性よ
ノゾミ　習慣じゃろ
弓子　何飲む？
信雄　あ、烏龍茶
ノゾミ　はいよろこんで
弓子　はいよろこんでー

信雄　なんかあったん？

ノゾミ　パチンコ行き過ぎて金ないんと

信雄　え？　借金しとん？

弓子　ちょっとよ、ちょっと

信雄　えーー

ノゾミ　いくらかいね？

弓子　それは言えんけど

間。

弓子　いや、三桁とかはさすがにいっとらんよ

ノゾミ　あ、そうなん？

弓子　お父さんが生きとる時はまだ我慢出来とったんじゃけどねぇ

ノゾミ　どやされるけぇじゃろ

信雄　あー
弓子　ノブちゃんよおこき使われとったけん。大変じゃったじゃろ？
信雄　酒入ると声デカぁなるけん、喋っとんか怒っとんか分からんならん？
弓子　デカくなる時は機嫌ええ時じゃろ
信雄　それは嘘じゃわ
ノゾミ　マジマジ、あの人ノブちゃん大好きじゃったけん
弓子　家はどうするん？　見に行くん？
信雄　いつでもええよ。ヒカルちゃんと三人で
ノゾミ　家はまだいいわ。ヒカルが大学行くまでは貯めときたいんよ
弓子　久保んじいさんからセクハラにもおうとるけん、ヒカルも住みたくないじゃろうしね
信雄　じゃけど、気まずくないん？　幸子さん結構ガンガン言うてくるじゃろ
弓子　そーなんよ。お母さんあがに言うてこんでも

ノゾミ　あー、樹ちゃんも出戻って来ると思うとるんよ

弓子　そんなこと思うかねぇ

ノゾミ　そりゃ、あの歳でまだルームシェアしとりゃ心配するじゃろ？

信雄　36歳

ノゾミ　もうアラフォーよ？

弓子　んー、まあねぇ

信雄　結婚願望がないんじゃろ

ノゾミ　そうゆうことなん？

弓子　どうじゃろ？

ノゾミ　（信雄に）一緒に住んどる子も一周忌ついて来るんと

信雄　え、オノ・ヨーコ？

ノゾミ　（弓子に）腹違いの子じゃったりせんよね？

弓子　お父さんの？　ないない、姉ちゃんがワガママ言うたんじゃろ

ノゾミ　言うても普通来(こ)んじゃろ

信雄　弱み握られとんじゃない？

ノゾミ　そっち？

弓子　違うじゃろ

ノゾミ　予想は？

弓子　んー

居間（一周忌後・夜）

喪服姿の幸子と部屋着の良太、ヒカルは制服のブラウスシャツとハーフパンツを履いて寝ている。

幸子、ヒカルの顔を覗き込む。

幸子　ヒカルー

良太　寝かしとけ

幸子　よお寝るねぇ

喪服姿の樹子と愛が入ってくる。

樹子　弓子どこおる？
幸子　もう帰るんね？
樹子　ちょっと弓子と話したら帰る
幸子　久しぶりに泊まっていきいや
樹子　嫌よ。どこで寝るんね
幸子　ここよ

私服姿の信雄が酒瓶を持って入ってくる。

信雄　良太さんお酒持ってきましたよ!!
良太　おお

信雄　え、樹子さん帰ろうとしよる!?
樹子　ヒカル寝とるけん
信雄　あ
樹子　兄ちゃん、弓子どこおる？
良太　家んどっかおるじゃろ。あっちは見たんか？
樹子　見てみるわ。（愛に）行こ
幸子　（愛に）あんたあ、なんでついて来たん？
愛　あ、え？
樹子　私が来てってお願いしたんよ。さっきも言うたじゃん
幸子　聞いとらん
樹子　言うたけん
幸子　なん怒っとんね？
樹子　何回も何回も同じこと聞いてくるけんよ
幸子　あんたがそんなじゃやけ、二人とも結婚できんのじゃろう。何でも

かんでも人頼ってから。早よバラバラに住まんにゃ。こん子も婚期逃すで

樹子　こん子じゃなくて、愛

幸子　あぁ？

愛　愛です

樹子　もう、無視していいけん。行こ

幸子　お父さんに似て、すぐ怒るんじゃけ。もっと穏やかに喋れんのんね

樹子　お母さんと話しとるとイライラする

樹子、台所の方へ歩き出し、追いかける愛。

愛　（幸子に）すいません

樹子　そんなん言わんでいいけ

樹子と愛、はける。

幸子　（信雄に）ホンマ短気じゃわ

信雄　そうですか？

幸子　あんままじゃ誰も嫁んもろうてくれんで

良太　弓子ー、弓子ー

幸子　なんね？

良太　コップがいるわ

幸子　ちょっと待っときんさい

信雄　あ、僕行きますよ

良太　ええええ、座っとけ

良太、立ち上がり台所へはける。

幸子、信雄の方へ少し近づく。

幸子　良太はホンマ気が利く子じゃやけん。育てるのが一番楽じゃったんよ。
元嫁は気が利かん子じゃったけん、仕事が出来んようなるほど追い
詰められてねぇ

信雄　そうじゃったんすねぇ

幸子　ほうよ、お父さんにも歯向かって。もう、えらい目におうたんじゃや
けん

信雄　へー、いい人そうでしたけどねぇ

幸子、寝ているヒカルを見ながら。

幸子　他人が関わるとろくなことないわ

幸子、信雄の方に顔を向け。

幸子　あんたはまだ結婚せんのね？
信雄　出会いがないですけぇねぇ
幸子　ノゾミはどうね？
信雄　いやいや
幸子　コブ付きじゃとやっぱ嫌なもんね？
信雄　ノゾミさんがそういうんしたい人じゃないでしょう。結婚で絶対
　　　皆んな幸せんなれるならしとるわってよう言うとりますよ
幸子　相手もおりゃあせんのに
信雄　なんやかや縛られとうないんでしょう
幸子　はぁー、お父さんも同じこと言いよったわ

幸子、立ち上がって歩き出す。

信雄　どこ行くんすか？

幸子　ちょっと着替えてくるわ

幸子、はける。

信雄はヒカルをじっと見つめ、辺りを気にしながらジリジリとヒカルに近寄る。

ヒカル、目を開ける。信雄、気づかない。

ヒカル、寝転がったまま仰向けになる。

ヒカル　ノブちゃん

信雄　おぉっ、起きとったんか

ヒカル　ママのことホンマに好きじゃないん？

信雄　ほうじゃね

ヒカル　好きなんかあ思うとった。よお、お店行きよるけん

信雄　まぁ、帰ってもどうせ一人じゃけん行きよるだけよ

ヒカル　寂しいん？

信雄　まあねぇ

ヒカル　キモ

信雄　ずっと一人身じゃとあるんよ、そういうんが。ママもよお川辺におる
じゃろ？　それと一緒じゃけん

ヒカル　こないだ川でママの真似してボーッとしてみたんじゃけど、なんも
分からんかったわ

信雄、苦笑する。

ヒカル　樹（こと）ちゃんみたく全部放り出せりゃ気が楽なんに

信雄　放り出せとるようには全然見えやせんかったけど

ヒカル　……

信雄　車なら出せるけん。海でも行くか？

ヒカル　いい、行かん
信雄　なんで？　毎日勉強ばっかじゃと、息詰まるじゃろ
ヒカル　ママがどんだけ仲よくても男の車には乗っちゃいけんって
信雄　俺も？
ヒカル　じゃろお
信雄　はー、ノゾミさんも過保護じゃねぇ
ヒカル　乗って怖い思いしたことあるけん言うんじゃろ
信雄　ないじゃろ。あんな気い強いのに
ヒカル　なんで決めつけるん？
信雄　背も高いし
ヒカル　背高い方がお尻の位置が高いけん痴漢し易いらしいよ

信雄、手の平でお尻を包み込むような形を作り、想像している。
私服姿の弓子、台所から入ってくる。

信雄、我に返り弓子に向かって手招きする。

信雄　おう、一緒ん飲もうや

弓子　あぁ、うん。あとでね

信雄　なんかあったん？

弓子　ちょっと渡すもんがあって

弓子は棚から封筒を取り出して、中身を確認する。

良太がコップを二つ持って戻ってくる。

良太　なんしとんや？

弓子　ちょっと

弓子、台所へはけようとするが良太が道を塞ぐ。

良太　お前、樹子に金借りとったんか？

弓子、良太を無視してはける。

良太　おい！

良太、舌打ちをして座る。

信雄　弓ちゃん大丈夫なんです？

良太　ほっときゃええわ

ヒカル、様子を窺いに向かおうとする。

良太　（ヒカルへ）ええけぇ

樹子と愛と弓子、入ってくる。

弓子　もう、外も暗いけん。気をつけてね

愛　お邪魔しました

良太　どうしたんや

弓子　大したことないけん

樹子　……

着替え終えた幸子、入ってくる。

弓子　（愛に）これから大変じゃろうけど、姉ちゃんをよろしくね樹子は幸子を見て。

樹子　（弓子に）ホンマあんたはお母さん似よね
弓子　なんが？
樹子　じゃ、帰るけん
幸子　ホンマに帰るんね
樹子　何回も言いよるじゃん
幸子　はいはい。怒らんのよ。野菜取ってくるけん、ちょっと待っときんさい

幸子、はける。

樹子　なんか今回しつこくない？
弓子　ああ見えてお姉ちゃん帰ってくるの楽しみにしとったんよ

信雄　あ、あの量、一人じゃ無理じゃわ
良太　川ん落ちんよう気いつけえよ

信雄、幸子の後を小走りで追いかけはける。

弓子　一周忌じゃし、皆んなでお父さんと寝ようや
樹子　こんな娘嫌じゃろ
弓子　兄ちゃんも私もおかしいけん。そんな大して驚いとりゃせんよ
樹子　（愛へ）帰りたいじゃろ？
愛　樹子は泊まるの嫌？
樹子　どっちでも。合わせる
弓子　遠慮せんでいいけんね
愛　じゃあ、泊まりたい

川辺（同日・夜）

大きなダンボールを抱えた幸子がヨタヨタと入ってくる。
少しして信雄も入ってくる。

信雄　持ちますよ
幸子　あぁ、助かるわ

幸子は信雄に段ボールを渡し立ち止まると、夫が亡くなった川の方を見る。

信雄　皆んなピリついとりますね

幸子　お父さんがずーっと指針じゃったけん

信雄　親父さんの説得力半端なかったですもんね

幸子は信雄の方に顔を向け、ジッと見つめる。

信雄、幸子の視線に気づき立ち止まる。

幸子　一年前んこと、知っとんじゃないんね？

信雄　勘弁してくださいよ

幸子　落ちたとこ、見とらんのんね？

信雄　見えんでしょ。あんな真っ暗ん中

幸子　そうね

信雄　灯(あか)りもないんですから

幸子　溺(おぼ)れとる音もせんかったん？

信雄　はい。なんも

幸子、川へ視線を戻す。

幸子　……あんな浅瀬でどうやったら溺れるんじゃろうか

信雄も幸子の視線の先を見る。

信雄　苦しかったでしょうねぇ

間。

幸子　どんな最後じゃった？

信雄　……いや、あの

幸子、首を横に振る。

信雄　……もう、最悪な最期でしたよ

徐々に照明が暗くなっていき、暗転間際に幸子はニコリと笑う。

幸子　ほうね

暗転。

居間（同日・夜中）

微かに川の流れる音。
暗転中。

樹子　おやすみ
愛　おやすみなさい
弓子　ヒカル、トイレ行った？
ヒカル　うん

ノゾミ　え、行ってないんじゃけど。行った方がいいかね？
ヒカル　行きたくなったら一緒いこ
ノゾミ　あんた一回寝たら起きんじゃんね
良太　うるさいのお
ヒカル　ノブちゃん帰ったん？
良太　台所で転がっとる
弓子　あたしがついてくけん
ノゾミ　（小声）絶対よ
弓子　はいはい。はよ寝んさい
ノゾミ　ホンマに起きてよ
樹子　うるさい
ノゾミ　あ
ヒカル　シー
幸子　毛布だけで寒うないかね？

良太　ノブなら大丈夫じゃろ

幸子　ちょっと跨（また）ぐで

良太　踏んどる踏んどる

幸子　ありゃ

クスクスと周りの笑う声。

幸子　一年前の今ぐらいの時間かねぇ。ここでうたた寝しとって

少しの間。

幸子　遠くん方で聞こえとった水を弾く音が、フッと消えたんよ

終わり。

舞台写真

photo by YANO Akihiko

ノゾミ　「後はどうにかするけん。
ありがと」

photo by TAKANO Tomoyasu

志保　「治らないんですか？」

photo by YANO Akihiko

愛　「可愛い？」

樹子　「可愛い」

photo by TAKANO Tomoyasu

弓子　「（愛子に）これから大変じゃろうけど、姉ちゃんをよろしくね」

あとがき

この度は、この本をお手にとっていただき、誠にありがとうございます。なにか粋な文章を書こうかと広島弁について気合いを入れて書いていたのですが、どうも終わりが見えず、つらつらと論じる文章を読み返す気にもならず、肩の力を抜いて書き始めています。世間話でも聞くような気持ちで読み進めていただけたら幸いです。

初めて戯曲を書いたのは中学三年の時『おくりもの』というタイトルでした。先に他界した両親が一人娘に送った最高の贈り物という愛の物語で、主人公の姉がアンドロイドだったり、友人に死んだ母親が憑依したり、かなりファンタジー寄りで、終わりも見えないまま殴り書きのように書きました。完成した日は確か放課後で、教室の窓際の席に鉛筆を持ったまま続きが書けず停止していました。窓からは少し白っぽいような、薄暗い夕日が射し込んでおり、その明かりにふっと気づき「こんな風に微かに明るい終わり方にしよう」と再び書き進めたような記憶があります。

私の過去作品は圧倒的に家族の物語が多く、そのことに若干悩んでいた時期もあったので、まさか初めての戯曲も家族だったとは、この文章を書きながら衝撃を受けております。あの頃の私は紛れもなく私だったんだなぁとしみじみしました。

中学時代の演劇部員は全部で七名。かなり少人数で、私の年代が発足した部でもあったので中学二年の段階で先輩もおらず、とても自由な部でした。といっても、演劇の基礎知識がしっかりとした顧問の先生のおかげでダラダラと過ごすこともなく、基礎トレもこなしていたのですが、稽古を開始した途端廊下にも響き渡るほど大笑いしながら過ごしていました。基本的に私が動きやセリフの言い回し、間を決めており、その際に、部員の一人の演技が想像を上回る演技をしまして大興奮したのがキッカケで今に至ります。

青天の霹靂でした。高校時代は演劇から離れていたのですが、いざ進学や就職を考えた時、あの衝撃をもっと感じたい、浴び続けたい、どうしたらいいんだろう？　映画はなんだかカメラとか細かそうだし、ドラマは大学進学なんて学がないから無理だし、じゃあ、やっぱり演劇しかないな。と、学生の頃に大興奮した、あの一種の麻薬に近い（麻薬なんてやったことないけど）感覚で迷いなく演劇の道に進み、今もその衝撃を求めて演出をしています。

当時は右も左も分からず、演劇界のことなんて一ミリも理解していませんでした。雑誌やテレビに出ている人達（演劇界の著名人）は皆んな東京にいたので、私も東京に行かないと！　と思い、高校卒業後はお金を貯める為お肉屋さんで二年間アルバイトをしていました。

傍から見たら、ただのフリーターでした。ただただお肉に関する知識と、捌き方が上手くなって行く私の将来に不安を感じた父が、たまたま見つけたノゾエ征爾さんとアステールプラザ主催のプロデュース公演へのスタッフ募集案内が記載されている新聞の切り抜きを、無言で私に渡してくれました。

月日が経って、父にその時のことを聞いたら、本当は心配だから東京に行って欲しくないけど私を応援したいという複雑な心境だったようです。ありがとう、お父さん。

話は戻ります。そして、この公演に演出部として参加し、ノゾエさんがＥＮＢＵゼミナールの卒業生だということを知りました。ノゾエさんがいた学校なら！　と思い、ＥＮＢＵの入学を決めて東京へ上京しました。それが、二〇一二年の春、今から丁度十年前になります。

細々と外部公演や合同公演などありましたが、そこは端折って改めて私の十年を少し振り返ってみましょう。

二〇一二年・ＥＮＢＵゼミナールの演劇コース入学
二〇一三年・ＥＮＢＵゼミナール中間公演や卒業公演などで舞台に立つ
（この年から30歳まで外部で制作補助や演出助手を転々とします！）
二〇一四年・ぱぷりか旗揚げ
二〇一六年・第二回公演
二〇一七年・第三回公演／青年団の無隣館へ入学
二〇一八年・三鷹市芸術文化センター MITAKA"Next"Selection 19th に選出されて第四回公演
二〇一九年・青年団演出部入団／こまばアゴラ劇場での公演決定
二〇二〇年・コロナが深刻化し、公演中止（延期）
二〇二一年・第五回公演『柔らかく揺れる』無事終演

そして、今年二〇二二年の現在に至ります。

さて、せっかくなので『柔らかく揺れる』についてお話していきますね（少し暗い内容かもしれませんが）。

年表に記載してある通り、今作は二〇二〇年四月に公演中止となった作品です。

三月から稽古開始の予定でしたが、いかんせん公演自体ができるかわからない上に、この状況で出演者十名以上が一気に一室に集まってしまうことへの恐怖と不安を抱えておりました。しかも私は主宰で、演出家で、劇作家なので、「集まります」と一言言えば集まらざるをえない強制力もあったので、ここは冷静にならないと沢山の人との関係性が崩壊してしまう危険性を伴っていました。オンラインで話し合いをするのも考えましたが、日常生活すらピリついている状況ですし、本音が言えない人もきっと出てくると思い、稽古開始前にキャストやスタッフ一人一人にメールで今の思いや考え、中止か続行か様子見かを伺いました。想像よりも返ってきた意見はバラバラで、スマホを握りしめダンゴムシのように丸まって唸りながら悩む姿は、はたから見たらなかなか滑稽だったと思います。

その時点で、暗中模索、右顧左眄、紆余曲折を経て、私個人の心境は《公演中止》の文字が締めておりました。コロナに対しての向き合い方がある程度折り合いのついてきた昨今とは違い、コロナ禍の初期はヤツらが本当に怖かった。自分のせいで周りの人やその大事な人が亡くなる可能性があるなんて、考えたくも無いし、考えたくもないいし、かんがえたくもない。

人の人生を背負える程の覚悟というか、どんな逆境にいようが公演を行なうという強い意志が私にはありませんでした。最終的には一度もキャスト・スタッフが集まることなく、問題が起こった際の責任がとれないという理由で中止を決め、四月頭に中止を発表。決断したらもっと気が楽になると思っていたら、想像以上に悔しく、どうしようもない気持ちで一杯でした。誰も、何にも悪くないからこそ、行き場のない憤りで苦しかったです。とても。

その後すぐに、初の緊急事態宣言に突入し、どのみち公演は中止せざるをえない状況になっていたので、早めに判断して良かったと少しだけ安堵もしました。ただ、《公演中止》の重みを身にしみて体験したので、より一層、他の団体や劇団から《公演中止》の文字が見えるたび、毎回ピリッと心が痛みます。

ここからガンガンに公演が行なえない時期に突入しますが、公演中止になったことで創作意欲に対して無気力になってしまい、大きな葛藤も見過ごしたり、何か表現をしなければみたいな思いも湧かず、日々体調を崩さないよう体を労わりながら、ただただいつもの違う日常を生きていました。

表現者としてどうなの？　とは多少思っておりましたが、私の場合は二〇二一年十一月にこまばアゴラ劇場さんの配慮により『柔らかく揺れる』の公演がすでに決まっていたことでだんだんと創作意欲を取り戻せたように思います。

私、お尻に火がつかないと走れない性格なんです。

そしてようやく『柔らかく揺れる』の執筆作業に取り掛かりますが、サボってきたツケが回ってきたのか、なかなか上手く書けませんでした。

お尻に火がついているのに、缶酎ハイ片手にのんびり散歩しているような感じです。頭では、ヤバい！というのがわかってはいたのですが……。

今回の公演では、台本を稽古前に書き上げ、演出にもっと力を入れる予定でした。が、しかしサボり癖が染み付いてしまった私にとって、そんな大道芸できるわけがない！　結局稽古期間に突入し俳優さんに当て書きしてしまう、いつもの執筆のルーティーンに沼ハマり。稽古が始まる前に書き終えたい、書きたいことはあるのに、ぐるぐるぐる書いては消して書いては消しての作業を繰り返していました。

一度、これで行こうと決めて書き進め、途中段階のものを夏の初顔合わせに向けて用意し、俳優さんたちに読んでもらいました。その時、ある程度の高評価ではあったのですが、私の中で何か欠けているような感覚はずっとありました（人に見せたくせに）。

何が欠けているのか、自分で理解できていないがゆえに、だんだんとインパクト重視の作品に方向性が進んで行ってしまう。意図してない方向に進んでしまうと、もうなんのこっちゃ、ってなり、確実に最後まで書けなくなっていきます。「あ、筆が止まった。進めても整合性がどんどん噛み合わない」。

終わりまでシーンをイメージして進めても、登場人物と物語が沿っていないため、しりすぼみのように面白くなくなる。結局、あんなに時間があったにもかかわらず四分の一にもいかない段階で稽古の初日を迎えました。結局ある程度、毎度お馴染み、お芝居を見ながら執筆を進めて行くことになってしまいました。

ここで、私を見兼ねた我が夫の登場です。映画監督の矢野瑛彦さんです。この人なくして福名作品はここまでこれていなかったといっても過言ではありません。


第四回公演『きっぽ』では、広島を舞台に、主人公の理想の家族像と現実の家族像を繰り返し観せる手法の作品でした。その際にも、上手く噛み合わない家族の話がやりたいという構想を話し、夫から「理想と現実をカットバックしながら物語を進めると面白いよ」とアドバイスをもらい、あの作品ができました。また、家族の物語ばかりでいいのかという不安も、「小津安二郎がいるから大丈夫」と言ってくれたり（笑い話に聞こえるかもしれませんが、同じテーマでも、少しテイストを変えるだけで物語は新しく生まれ変わるんだ、ということを教えてもらい、本当に心が軽くなった）、『きっぽ』と『柔らかく搖れる』の間の作品、福名企画『そして今日も、朝日』では、夫がサスペンス調で書いていくことを私に勧めてくれ、そこで今の私のスタイルができあがりました。

私自身、サスペンスがとても好きだったのですが、あんな緻密で濃厚な人間模様は書けないと思っていたため、挑戦しようなんて発想すら湧いてこなかった……。

結果的に、サスペンス要素に自分のテイストをブレンドさせることで、ホラーテイストに仕上げる技術を獲得できたのではないかなぁ、と考えております。自惚れかもしれませんが。

また話が脱線していましたね。失礼致しました。

ごめんね、夫。今からちゃんと褒めてやるからな。

今作『柔らかく揺れる』も、ラスト暗転中の会話で終わらす案や、完成後の細かい構成、ハッとするような数々の台詞の提供など、惜しみなく力を尽くしてくれました。大きなブレや違和感なく今作が読み進められるのは紛れもなく夫のおかげです。

もちろん、夫の協力だけではなく、整合性が見えない台詞など見過ごさずしっかりと聞いてきてくれた出演者やスタッフの方々にも心から感謝しております。この座組だからこそ、この本は「この形」で完成し、今回の岸田國士戯曲賞を受賞できたんだと誇りに思います。

カッコつけた言葉なんて私らしくないし、ありきたりな言葉で、つまらないかもしれませんが、これだけはちゃんと言いたい。ちゃんと、伝えたい。真っ直ぐな言葉で。


一人では絶対にここまで来れませんでした。

改めて、この作品に携わってくれた全ての方に感謝申し上げます。


正直、今でもこのような大きな賞をいただけた実感はありません。期待に応えられる自信もありませんし、周りに助けてもらってばかりだから、自分の力じゃないような気がして素直に喜べない自分もいます。身にあまる思いというか、不安というか。

でも、夫がこう言ってくれました。「沢山の人に助けてもらえるのは、頑張って続けてきた証拠だよ」と。

うん、なるほど。じゃあ、頑張って続けた自分にほんの少しだけ、自信を持とうっ。

ありがとう、皆んな。

沢山の方の歓喜や祝福、そして母や姉の喜ぶ声と父の嬉し涙を決して忘れず、気合いと恐怖と責任をもって、応援してくれる皆の期待に応えられるよう今後も歩んで行きます。

それでは、最後までお付き合いいただきありがとうございました。

二〇二三年四月

福名 理穂

ぱぷりか
『柔らかく揺れる』

2021年11月4日［木］ ― 11月15日［月］　こまばアゴラ劇場

作・演出

福名 理穂

出演

菊地 奈緒（elePHANTMoon）、用松 亮、堀 夏子（青年団）、
ししど ともこ（カムヰヤッセン）、廣川 真菜美、矢野 昌幸、
岩永 彩、深澤 しほ（ヌトミック）、桂川 明日哥、関 彩葉

スタッフ

舞台美術：泉 真
音響：佐藤 こうじ（Sugar Sound）
照明：南 香織（LICHT-ER）
宣伝写真：矢野 瑛彦
宣伝美術：関上 麻衣子
舞台撮影：髙野 友靖・矢野 瑛彦
撮影：矢野 瑛彦・船越 凡平・高橋 基史
舞台監督：岩谷 ちなつ・黒澤 多生
演出助手：鈴木 のすり（京央惨事）
制作：大橋 さつき（猫のホテル）
芸術総監督：平田 オリザ
技術協力：中村 真生（アゴラ企画）
制作協力：蜂巣 もも（アゴラ企画）

主催：（有）アゴラ企画・こまばアゴラ劇場
企画制作：ぱぷりか／（有）アゴラ企画・こまばアゴラ劇場
協力：N・F・B　青年団　elePHANTMoon　カムヰヤッセン　ヌトミック
助成：文化庁
　文化庁文化芸術振興費補助金（劇場・音楽堂等機能強化推進事業）
　独立行政法人日本芸術文化振興会

著者略歴

福名理穂［ふくな・りほ］
1991年生まれ。広島県出身。劇作家・演出家。ぱぷりか主宰。青年団演出部。
www.paprika-play.com

上演のお問い合わせは、ぱぷりか（paprika926@gmail.com）まで。

2022年4月20日　印刷
2022年5月10日　発行

著　者© 福名理穂
発行者　及川直志
発行所　株式会社白水社
電話　03-3291-7811（営業部）7821（編集部）
住所　〒101-0052 東京都千代田区神田小川町3-24
www.hakusuisha.co.jp
振替　00190-5-33228
編集　和久田賴男（白水社）
印刷所　株式会社理想社
製本所　株式会社松岳社
乱丁・落丁本は送料小社負担にてお取り替えいたします。

ISBN978-4-560-09427-3
Printed in Japan

白水社刊・岸田國士戯曲賞 受賞作品

山本卓卓	バナナの花は食べられる	第66回（2022年）
福名理穂	柔らかく搖れる	第66回（2022年）
市原佐都子	バッコスの信女——ホルスタインの雌	第64回（2020年）
松原俊太郎	山山	第63回（2019年）
神里雄大	バルパライソの長い坂をくだる話	第62回（2018年）
福原充則	あたらしいエクスプロージョン	第62回（2018年）
タニノクロウ	地獄谷温泉 無明ノ宿	第60回（2016年）
山内ケンジ	トロワグロ	第59回（2015年）
赤堀雅秋	一丁目ぞめき	第57回（2013年）
ノゾエ征爾	○○トアル風景	第56回（2012年）
矢内原美邦	前向き！タイモン	第56回（2012年）
松井 周	自慢の息子	第55回（2011年）
蓬莱竜太	まほろば	第53回（2009年）
三浦大輔	愛の渦	第50回（2006年）